KB122711

공동시집

순례에서 만난 인연

2018 장애인 창작집 발간지원 사업 선정 작품집

순례에서 만난 인연

1쇄 발행일 | 2018년 12월 31일

지은이 | 이훈식 외
펴낸이 | 정화숙
펴낸곳 | 개미

출판등록 | 제313-2001-61호 1992. 2. 18
주소 | (04175) 서울시 마포구 마포대로 12, B-108호(마포동, 한신빌딩)
전화 | (02)704-2546
팩스 | (02)714-2365
E-mail | lily12140@hanmail.net

ISBN 979-11-965679-3-4 03810

값 10,000원

주최 | 대한민국 장애인 창작집필실
주관 | 장애인인식개선오늘(고유번호 305-80-25363. 대표 박재홍)
심사 | 발간지원 사업 심사위원회
후원 | 대전광역시, 대전문화재단, 갤러리예향좋은친구들, 문학마당, 한국장애인
문화네트워크, 드림장애인인권센터, (사)한국복제전송저작권협회, (주)삼
진정밀, 대전광역시버스사업운송조합, (주)맥키스컴퍼니, 대전청소년위캔
센터, 주성테크, (주)파츠너

문의 | (042)826-6042

공동시집

순례에서 만난 인연

이훈식 외

개미

장애인인권헌장 중에 "장애인은 장애를 이유로 정치·경제·사회·교육 및 문화생활의 모든 영역에서 차별을 받지 아니한다"라고 하는데 '과연 그러한가'라고 묻는 발간사를 쓴다는 것이 먹먹합니다.

장애인문학창작활동 작품집 발간 지원이 문화체육관광부등록 비영리민간단체이자 대전광역시지정 전문예술단체《장애인인식개선 오늘》이 민간 주도 사업으로서 전국의 시원이 되어가고 있습니다.

또한 다원예술을 통하여 작곡되어 시극, 가곡, 가요, 무용, 오케스트라, 앙상블, 국악에 이르기까지 접목하여 콘텐츠로 지적재산을 확보하고, 이어서 '7030 대전 방문의 해'인 2019년에는 축제까지 확산 가능한 준비된 전문예술단체로 성장하였습니다.

특히 〈2018년 장애인문화예술 '대전 다다(dada)' 프로젝트A〉란 이름으로 구현한 "함께 나누는 세상을 위하여"—홀로 선 장애인문화예술— 한국조폐공사 공연은

지역사회 공헌을 공기업과 함께 성공리에 마치고 금번 창작집 발간까지 민·관 협치의 사례로 귀중한 경험을 축적하였다는 생각입니다.

앞으로 잊혀진 인문학 자원의 발굴과 재현 그리고 장애인 문학의 새로운 역할과 기능을 통하여 장애인들의 인간다운 삶의 문화예술 향유가 적극적인 인권적 권리로 정착될 수 있도록 노력하겠습니다.

좋은 작가들을 선정해 주신 심사위원들과 숨은 노력으로 고생하신 단체의 임직원 여러분 수고하셨습니다. 그리고 선정된 작가들에게도 진심으로 감사드립니다. 뿐만 아니라 대전광역시, 대전광역시 의회, (재)대전문화재단의 노고에 진심으로 경의를 표합니다.

우리 단체는 앞으로 더욱 분발하여 장애인권리선언의 정신에 따라 장애인의 인권보호 그리고 완전한 사회참여와 평등을 이루어나가며 자치분권의 장애인과 비장애인이 더불어 살아가는 사회를 만들기 위한 여건과 환경조성에 장애인 인문철학이 바탕이 되도록 노력하겠습니다.

2018년 12월
전문예술단체《장애인인식개선 오늘》
대표 박재홍

공동시집
순례에서 만난 인연
차례

그림자 14 외9

이훈식

숨이 막혀 질식할 것 같아도
너는 언제나 쓰다 달다 말이 없던
무표정의 대명사였지

썩은 동아줄이라도 잡고 싶은 마음으로
너에게 매달렸지만
너는 언제나 싸늘하게 식은 무관심
침묵의 화신이었지

더는 도려낼 가슴이 없어
주저앉고 싶었을 때
앞서거니 뒤서거니
절뚝대는 보폭을 맞추며 따라오던
너와 눈이 마주친 시간

애증을 홀로 삼키며 어쩌면 나보다 더 아팠을 모습을
보고
난 그만 발목 잡힌 세월 앞에 무릎을 꿇었지

우리의 만남은 이 땅에서는
그 누구도 풀 자가 없는 인연

그래 살아도 같이 살고
죽어도 같이 죽어야 할 인연
둘이면서도 1인칭 주어가 되어야 할
너와 나
이제 남은 길이 그리 멀지 않았네

가평 화악리

버거운 일상을 잠시나마 접어두고 숨 가쁘게 달려온
가평 화악리 산골짜기에는
식어 버리지 아니한
계절이 아직도 하나 남아 있었다.

한때는 반딧불들이 까만 밤을 먹잇감으로 삼던
맑은 물줄기에는
함께 흐르지 못했던 기억들이 보석처럼 반짝이고

저마다 다른 색깔 저마다 다른 향내로 모인 한 공간에는
정겨움으로 서로 닮아버린 낯설지 않는 얼굴들이
밤늦도록 별로 떠 있었다.

하마터면 그만 잊을 뻔한 이야기들이 시어로 달궈지고
노래로 익어 갈 때쯤 동행이라는 이름으로 한 잔 술
높이 들던 시간

서로 말 한마디 굳이 하지 않아도 귀가 열리고

가슴에 다 담을 수 없는 마음들이 세상 가까이 몸을 낮춘
산바람으로 불어올 때

아직도 떠나지 못한 한 계절이
거기 뜨거움으로 흐르고 있었다.

침묵

 듣고 보기는 하되 하고픈 말 있어도 그냥 씹어 삼키자
 아직도 가면을 제대로 벗어버리지 못한 소리의 잔해들
로 홀로 허망해도
 그저 향방 없는 바람에 맡기자 늑골 사이 곰삭은 그리
움이
 맨몸으로 빠져나가는 날

 슬픔의 빛깔도 때로는 충분히 아름다울 수 있음을
 그때서야 얘기하자 세월로 재갈 물린 바위는
 물빛 하늘이 울음으로 거기 머물다 감을
 절대로 말하지 않는다.

삶이라는 거

입술 지긋이 깨물며 견디던 시간도 날을 곧추세운 통
증에
　무릎 꿇었던 시간도 당신 앞에 서기만 하면
　깃털처럼 가벼워지는 세월의 무게

곪은 자리마다 날개가 달렸지 산다는 게 다 그런 것 같
아
　어디론가 자꾸만 흐르고 싶었던 꿈이
　저 멀리 사라진 전설의 휘파람 소리가 됐어도

흙 잔뜩 묻은 시어 하나 당신 이름으로 주워 담을 수
있다면
　그게 행복이고 불 지핀 가슴이었지
　때론 한 줄기 문장이 되지 못한
　남몰래 입덧처럼 키워온 그리움이
　성깔 사나운 바람 되어
　가지 끝에 앉아 시퍼런 울음 울어도

당신만 곁에 있다면 마음 쏟아놓고
목청껏 부를 수 있는 노래가 되었지
그래 맞아 산다는 게 썩어진 가슴에서도
곱게 피어나는 사랑 그게 사는 거야

꿈

사람은 꿈을 꾼다 꿈은 논리의 세계가 아니다
질량도 부피도 없는 시공을 넘나드는 시간여행

구상과 추상이 뒤섞인 언제나 내가 주인공이다

꿈은 현실보다 더 솔직하다 벌거벗음이 부끄럽지 않고
이상과 현실의 경계가 모호한
접속어와 접미사가 생략된 은유이다

잔영으로 남은 꿈이라 해도 굳이 해몽이 필요치 않다
왜 내가 널 사랑하게 되었는지 그 이유를 알 수 없듯이

누구도 어쩌지 못할

밝음과 어둠의 경계는 그 누구도 어쩌지 못할
슬픔인지도 모른다 조금씩 서로의 아픔을
닮아가는 사람들이 한 번쯤 걸음을 멈춰보는 자리

익숙하지 않은 모습으로 다가서는 외로움에
한 발 물러서 있는 당신의 염려가 또렷이 보입니다.
삭제되지 못한 그간의 얘기들이 제 이름을 찾기까지
망설임으로 서성이는 곳

가슴과 가슴이 이어지면 어둠마저 훤한 세상이
거기 있습니다 언제든지 당신이 낮은 목소리로
날 부르면 무덤까지 가지고 가야 할 비밀로
대답해야 할 사랑

바로 어둠과 밝음의 경계 그 누구도 어쩌지 못할
소리 없는 눈물인지도 모른다.

마르지 않는 샘

어둠을 넘어 헬쑥한 새벽이 올 때까지
뼛속을 파고드는 한기를
저린 기도로 잠을 수 없을 때는
여명의 햇살이 주춤거리듯
미열로 들뜬 아침이 온다.

고독 안에서 오히려 더 자유롭던 사유로
조금씩 보폭을 넓혀가다 보면
이쪽 저쪽 경계가 분명치 않는 길에서
한쪽이 마비된 걸음을 만난다.

차가운 이성으로 채우기보다는
감성으로 남겨 둬야 할 여백
이젠 그리움을 가장한 출처가 없는 이야기는
우리 모두를 위해 주저 없이 지워버려야 한다.

움키면 움킬수록 빠져나가는 세월
늘 적당한 거리에서 숨 고르기를 하는 내 사랑아

어디에서 이 뜨거움을 잠재울 수 있을까.

창작의 기쁨도 믿음의 열정도
당신과 함께 어우러지는 뿌리가 아니라면
내게는 산목숨이 아닙니다.

내 영혼 깊은 곳에 마르지 않는 샘 하나
알몸으로 풍덩 빠져도 좋을
바로 내 사랑입니다.

이별

바람만이 드나들던 가슴 덧나지 않도록 꼭꼭 밟으며
별들도 속울음 끝에서 더욱 반짝인다는 것을
빗장 풀린 기억마다 새깁니다.

뼛속에 감춘 사랑 헤아려 보는 마음조차도
당신에겐 아픔이 될까 봐 밤새 명치끝이 아팠던 시간

아직도 떠나보냄이 낯설음에
내가 죄인이라 당신을 사랑했나 봅니다.

이제 귀먹고 눈멀은 심장 하나
언제든 부르면 대답할 자리에
침묵으로 놓아두고
왔던 길 더듬어 가렵니다.

말하고 싶습니다

고백하지 않아도 손금을 보듯 물속을 보듯
훤히 알고 계시는 당신 앞에
주저 없이 무릎 꿇는 날
상처 덧난 입술로 숨기지 않겠습니다.

거꾸로 세워놓고 전 생애를 털어도
슬픔이 타버린 허연 먼지밖에
더 이상 나올 게 없는 얼룩진
가난한 영혼이었고

가슴으로 잔뜩 베어 물은 사랑에
굳이 변명이나 핑계는 하지 않겠습니다.
눈물도 메마르고 나면 때로는
심장을 찌르는 가시가 될 수 있음에

명치끝 아리는 시선으로 헐벗은 나를 들여다보고자 했고
가슴뼈 조각 맞추는 소리로
함께 돌아가는 세상을 듣고자 했습니다.

나중에 당신 앞에서 가리움을 당해
깊이를 알 수 없는 어둠 가운데 빠져도
이미 사랑했음으로 수없이 넘나들던
문턱이었고

뼈가 녹아나는 뜨거움에 몸부림쳐도
이미 질곡의 신음
목까지 차는 울음이었습니다.

하루가 천년이고
천년이 하루 같은 당신이여
한 발자국 한 발자국 떼어놓는
어눌한 걸음마다 다른 사람들처럼
나 또한 목마르고 배고팠습니다.

당신의 지고한 뜻이 어디 있는지? 무얼 원하시는지?
묻고자 함이 아닙니다 다만 언제든 당신에게
여기까지가 질긴 내 목숨이었다고
거짓 없이 말하고 싶습니다.

제대로 일어서기 위해

깨진 소주병에 무참히 맞아 한쪽 눈을 잃었을 때
좁아진 시각에다 초점이 맞지를 않아
헛발을 딛고 넘어질 때가 많았다

무릎이 깨지고 옷이 흙투성이가 되는 날이면
밥 한술 입에 떠넣으며 눈물도 함께 씹어 삼켰다.

높고 낮음과 멀고 가까움에 익숙해지기까지
한동안 지팡이에 의지하며 살았다.

내가 엎지르고 다시 담을 수 없었던 회한
쳐다보는 시선들이 참 많이 아팠다
넘어지면 무조건 일어서야 한다는 것을
그때부터 배웠다

제대로 일어서기 위해서는 제대로 넘어져야 한다는 것
도 알았다
어깨를 짓눌러 온 중력의 무게가 오히려

삶의 힘이 된다는 것을 아픔은 아픔으로만 치유된다는
것을
쓰려지고 일어서면서 온몸으로 배웠다

나는 무너져도 다시 일어나기 위해
뜨겁도록 당신 사랑을 한다.

사랑 외12

이인숙

'좋은 때다'라고 말했다가 몰매 맞을지 모르니 입 조
심해라

안방 아랫목에 뜨끈한 찰밥을 조카의 밥그릇에 한 그
릇 담아내니
허기진 모양으로 수저로 듬뿍 뜨고 있다

외할머니의 지혜 맏손녀 긴장하지 말고
수능에 찰밥 같이 붙어라 파이팅!

Tomorrow

고라니가 뛰어들었다 판이 달라졌다

또 다른 고라니는 어둠 속으로 뛰어간다
할머니 손녀에게 Go라니
으음 신음소리를 냈다
후에는 고라니를 가두어 두겠다

질주하는 찻길에 똑같이 달렸다

으쓱한 밤에 할머니 머리를
빗겨주는 손녀는
내일은 내가 Go를 외칠 거야

곧장 가는 길을 잃은 고라니
앞발을 쳐들며 길을 찾았다

반쯤 부서진 달과 같이
고라니는 검은 구름이 되었다

고라니 앞길 내일이 없다

가을 살림

피붙이 국화는 가을 살림 밑천 가을 가족은 바람에 고
정된 손님
구름 그림자 가끔은 찾아오지만
바닥에 닿는 듯 옷깃을 여미게 하며
가을 노래에 합류하고
갈색 들판이 학습하듯 하고
흩어진 심장을 울려

바람꽃 하늘 비 떨어지는 낙엽 여행 이메일
손편지 벼이삭 친구 문학 지평선 노을

가을 사랑하는 마음 내게는 시와 함께하는 가을마당
가을 살림에 놓치지 않은 피붙이들

거미줄

I

빈집에 걸린 거미줄

드나드는 사람 없이

바람에 서커스 줄타기

먹이 없는 거미줄에

망자의 잔상이

낙엽으로 모자이크 되었다 사라진다

순간 숨이 멎었다

II

생계를

이어 가야 할

사춘기 조카의

눈물방울이

거미줄에 은구슬 같다

눈 오는 새벽

새벽과 눈은 빛을 밝히는데 잘 어울린다.

창가에 눈 쌓이라고 나무에 눈꽃이 피어나라고
새벽잠이 더 깊이 온다
새벽 눈은 포근하다

어느덧 가지가지 흰 꽃송이 피어나
지상에 가득하다

눈 치우는 사람들 드르륵 드르륵
내리는 눈을 밀어내는 소리 들으며
동틀 틈도 주지 않고
사랑하는 사이 침실을 더 달군다

그렇게 눈 오는 새벽 정이 두텁다

스르르 스르르 내리는 눈은
눈 오는 새벽녘

온 세상 천상의 빛이다

또글또글

바람에 또글또글 구르며 길을 열어 주는 낙엽

또박또박 새 신이 받아쓰기에
눈치가 있다. 꽃무늬 이불이 담벼락에
햇살을 담아낸다

바람이 열기를 받아 내어 불타는
냄새는 어디까지 날릴까

글은 가고 싶은 곳으로 흘러가는 것

또글또글

심연의 빛은 넘어야 할 바싹한
또글또글 시야에서 멀어지기는 하나
모국어의 수채화

틈나는 대로 심호흡을 한다

또글또글 또 詩 이 가을에
정을 더해간다

명령

살아서 돌아오라!
그 명령은 사라지고
돌아온 옆반 친구 자신의 모습이
부끄럽고 후회스럽다.

내가 힘이 되어 방수복을 벗어주었으면
눈물로 이끌어 왔더라면
내 자리가 그의 자리였으면

신이 모르고 지나가지는 않았을 걸
몸뚱이 철재만 천근만근 넘기고
다시금 돌아오지 못한 영혼은
'미안해' 하지 않아도 돼

너무 적나라 해체해서
마른 눈물이 피까지 말려
아픔은 영구적
뿌리를 내려 우주 영혼 되어

그들만의 약속으로 부둥켜안았다.

어디쯤에서 잊을까
어디쯤으로 생명을 이룰 수 있을까
명령만이 돌아오는 안식
그곳에서 울림만이 진실

변방

취향에 맞게 고르세요
큰 손이었는지 비워버린 머리 쓰기
어디 가든지 불청객인지
자신만을 외롭게 만드는 당신은
붉어진 사랑에 익숙하기 전
정당한 생활이 누가 된다고
어리석은 후회가
긴 세월에 가득 채워지는 가을 연정
쓰임 없이 빈 마음에
채워 주려는 욕심은 과했나 봐요
아무도 말리지 못하는 환경 탓이라고
굳이 토 달지 말고
늦기 전에 시야를 넓히세요
타인의 손에 빚어지는 고뇌는 그만두고요
누구도 아쉬워하지 않죠
그대가 떠난 뒤로
본인만 살점을 피 한 방울 흘리지 않고
저울에 달 수 없는 실체를 닮고 있는

여기는 변방입니다

서정시

무디게 갖지 말라는 서정
리모델링하면
얼마나 아름다울지 이사할 집
좁은 집 열악한 환경 탓에
조금 더 조심스러워지고
다정히 손잡고 잠을 청하는
우리는 한 가족

아픔으로 다툴일 있어도
서로를 이해하기

서정시보다 더 서정적인 일
진짜 집으로
발을 옮기게 될
희망을 풀어
너는 붉은 꽃 나는 푸른 꽃
새집을 위한 기도하며
서정이 넘쳐 더 젊어지고

행복하고 감사하는 맘으로
가슴 적시는

새집에 서정감에
하루하루 촉수를 세우고
리모델링 완성하면 서정시인 듯
새집을 감상하면서
새로운 시를 노래하리

CVID

출렁이는 맥은
가시 걸린 몸부림의 귀향
너무나 똑같은 심호흡
한쪽은 같이 갈 수 없음
귀띔 한편은 기분이 보여주는 손 떨림

태어나서 처음 느낌이라고
출랑이는 한 개의 가시고기밥

수중왕은 그 한마디를 놓아주는 밤 어둠과 빛
왜 출렁거리며 줄다리기를 했을까

되돌아 갈 수 없는 한 물결에
 펄덕이고 금빛 은빛이 빛났음은 끝없는 낭만과 이별하
는 숨 막히는 기억
 내놓아야 한다, 네가 이태껏 마신 숨 태움을

 알 수 없다고

네게 침을 튀겨도
입 다문 파도는 다시 입질 열지 않았고
대신 흠뻑 괴성을 지르며
알 품은 추억을 아름답게 그리자고
세월을 새기기에 얼마나 같은
주름이 피어 알 품기를 했을까

사랑은 곰팡이

온갖 변명을 붙이듯
더덕더덕 푸른 곰팡이
꾸역꾸역 푸른 곰팡이

세월을 앞세우고
손잡은 막내는

락스 한 방울로
소멸하는 유혹

반감, 죄악 어느 것이든
사랑은 향기만 갖는 소망

조금만 참자
악성 종양을 떼내자

내 마음의 곰팡이
퍼지고

퍼지고

삼백나무 자라듯

튤립

함지박 얹은머리

보고 싶어요.
안개 속에 심장 하나 쥐고
사랑을 보려고
오월 주변을 서성거려요

푸르른 바람은
주름 하나 없고
침입자도 없어요.

다가서면 멀어지는
안개 카메라를 준비하세요

푸른 심장은
이룰 수 없는 연인은 아니에요

혼자서 또 여럿이

뼈대를 세우면서
붉은 튤립 이야기하고 싶어요.

Globe 평창

성화야 평창 가자
아름다운 청춘 대한민국
평창이 있다

흰 눈 능선에 자리 잡고
춤추듯 날을 수 있는

대한민국 환호
터지는 globe
소치의 뒤를 이어
지구는 문을 열어라
동계 올림픽

세계의 리듬
미소로 손잡는
G-100일 앞둔
세계의 젊은 호흡

태극기의 화려함 뜨거움이
펼쳐 뛰는 가슴에 강한
맑은 눈망울
We can do!
평창은 할 수 있다

모이자 평창으로
아리 아리랑 함께

손잡고 높이 올라보자
태양 떠오르는 하늘과 땅아
단군 조상 한반도
활짝 펼치는 태극기야 세계야
모여라 하나로 외쳐보자

굳은 믿음으로 우리나라를
뽐내보자
우리 함께 가자 Hero
사랑하는 globe
평창으로

국화 외11

이경숙

바라봐요 저기 저 죽음에도 길을 내는 가을 빛 바라기
제대 앞에 다소곳이 피어난 눈동자

꿈자리 생시 저 좀 봐 달라고
성령의 맑은 향기 말을 걸어요

안아 주는 체온 없이 나비가 날고
흩뿌린 별처럼 촛농 녹이며
눈 밑이 뜨거워 취하며 열려 있어

은닉한 숨소리 술래가 되어질
스미라고 숨으라고 허공에 차려
한 생 누군가
절정의 고독 길

"간절한 원의 침몰의 배 한 척"
떨며 잠든 듯

혼령은 짐승 같아 모두가 술래
수단* 같은 사랑
해를 쫓는 눈가 길게 찢기며

선한 마음 가득 채운
진언이
벅차고 충만하며 가득할수록
분분히 쏟아진 흠모
꼭꼭 숨어 달래어 줘요

*수단 : 신부님의 제의

가을 예찬

울렁증을 참아내며
당신이 손을 꼭 잡아 주었을 때
성실했던 사랑의 냄새를
가을이 서성이고,

거뭇해진 낮달
무수히 건너 깨지고야
심령 깊은 햇살
세상의 지붕 위
꽉 찬 슬픔 분절되어 저 붉은 그리움

목숨 줄 풀어 쥐도 달아날 수 없을
더운 피 묻어
째지도록 씻긴 너의 심장

어서 등장하세요
약속 시간 지나면 뼈처럼 가라 않고
생명이 들끓어

비련으로 빚은 차를 마셔요

꽃물로 색을 칠했던
두 연인만 탈 수 있는 작은 배는
아직 길이 없어 행여 그대가 잊을까
노란 바람 속을 뛰어가며 뜨거운 사랑이라고
슬픈 생각 낳지요

오 오 절망에도 눈부신 기다림으로 사는
붉은 생명 우짖는
정지된 풍경이 걸리고 있었으니

시간의 문제

당신이 어디쯤 저물어가듯
깊숙이 찔러 넣는 맘 여과 없이
그윽하고
무르고 약해서 피 흘릴 때

센 척 순진한 척
거짓말로 놀며 사랑으로 살고픈
무슨 말인가 하려다 그만두고
밟히다가
아파 아프다
꼬리를 감추며 달아났고

까칠한 마음 가두고 사는
나는 구름처럼
바람의 유언을 징징거려 번열에 외로운 세상

긁힌 마음 쓰려 숨을 불면
동그랗게 부풀어 꾹꾹 눌러 묶은 숨결

펄떡대는 애절한 정

무제

깊숙이 마신 새벽 향
비애의 농도만큼 내 몸 차올라
올무에 걸친 듯
오래된 슬픔을 켜

하늘을 껴안고 성당의 금빛 첨탑
솟구쳐 오르듯
비장한 말보다 표현 못한 기척
앰뷸런스 소리가 요란히 울리고

가슴에 쓰러져 마치 약골 같이
일렁이는 영혼 다 켜낼 수 있을까?

머리 위에 내려 품는 육중한
시스템과 주거부정의 사람들도
계약에 젖은 이방자
하늘엔
커다란 날개를 퍼덕이며

별까지 따라와
낯선 풍경이 펼쳐지고 온몸의 피가
주스처럼 달아

자궁으로 품던 숫한 해
쨍하고 열며
낯선 의신의 키스가
자주 옹알이처럼
내 안의 의식을

우는 달

사랑이 무관해서 우네

구름 사이로
고단한 숨을 몰아
허공을 걸어 비친
벙어리 저 달이야

날개 없이 스며드는
주먹 같았던 묘지와 도시 빈민들
무서운 달빛 싸움을 걸며
닦아줄 기도로 인사를 건넸네

당신은 무연히
그늘을 깔아 놓은 야성으로
이승과 저승의 경계
높낮이 기울며
버터낼 수 있는 간신한 목숨
정인의 의식 잠겨

고요히 잎새 지는 밤
눈물로 이 불길 잡아

바람 스쳐 간
상처에서 나온 노란 안개 세상
그득해졌지만
시퍼런 마음과 싸우느라 달려 간 숨
저문 날 술래처럼
따뜻한 말
사과한다

기차 여행

금빛 햇살
선홍빛 가을 마음
진곡의 사연 묻으며
사랑의 길 가녀린 풀꽃처럼
청아했던 심중도 함께 실었다

다듬어지지 않아도
따뜻한 손길과 울먹대는 돌보심이
간혹 삶을 가르던 그곳 가보고 싶어
여러 해 응어리가
정착된 발자국 찍고 달렸다

신성한 정들만 다정을 먹이로
원장님, 선생님
관심과 정겨운 돌보심
누군가 다짐하던 일도 무심히 흘려버린 사연도
따듯한 마음 안에
상처 끓은 사랑의 그리움

상처가 없으면 인연도 지워질
마음의 총총한 별처럼 처음 가본 지역들
군산 전주 한옥마을, 익산 국화 축제 전날
잊지 않은
저 !오랜 사랑 깨달은 숙성된 사연이
피어난 인생열차
가득한 자애

갈잎의 성

가을 망향에서
그리움을 견딘 자
땅거미 지면
혹독한 그리움

선홍빛 입술 금줄 친 듯
꽃의 넋과 만나
어둠이 지지 않고
한 성자의 그늘 아래

편하게 쉬어 네 품 안에
혼자 지킨 인연
갈잎 밟으며
남 몰래 쓴 시의 노래

영원은 얼마나 먼가요
나누고 분해하는 그 어떤 철학
시선 밖 뭉개진 구름의 넋

슬퍼하고 있는데

갈망의 시계(詩契)
절반은 붉은 거울 대지는 피 묻은
영혼을 만나는 것 같고

아무 말 안 할게
겸손한 자들의 허공 속에 감춘 언약

빗물

초겨울 비
씨앗 재운 링거액 같아
속절없을 사랑만 앓고

오래된 꽃 목도리
꺼내어 돌돌 말고 미사를 갈 때
믿음의 향기로 시작하여
아담과 하와의 숨결 같은 말씀

초겨울 한기 행방도 묘연한
설움 차올라
늘 떨고 있는 꽃님들

분해할수록
따스함 끌어안고
꽉 찬 저 깊어진 사랑
등을 두드리며
신의 손길 흠씬 묻힌 그윽한 수채화

산 빛 헐어
태워버린 맘 눈물 괸데
믿음 찬 그곳 빛나
참 쉼을 얻어
사랑만 하고
아파하지 않을까?

시간의 가치

산속
햇살과 바람이
내려 비춰
생각 감정 욕심으로
시간을 돌릴 수만 있다면

아무도 들일 수 없을
후회와 희망이 기웃거려
사소한 오해 간간이 시름 짓는데

내 안에 네가 없는 그곳
무너져 세상 하나뿐인
그 꽃을 따와 차를 끓여 드릴게요
손을 심장에 얹어 놓으면
심장이 번개처럼 나을 거예요

두려움을 버리고 마음이 시키는 대로 살게요
주저하다보면

희망이 피어나 싱그럽게 지나버려요
꼭 햇살 쪼가리 같은 꽃무늬

고통의 전율 빈틈없이
이별의 피가 흐르고 있기 때문인가?
아프지 않을 사랑처럼
서러움 진다

생의 정주*

빈산 빈들의 초겨울 풍경
볼품없고 초라하나

사랑도 생도 들뜬
행복이나 이별도 아닌
통증의 문턱을 넘어야 했나보다

그림 찍힌 먼 산
기웃대며
그리움 마주 안고

맑고 깊은
영혼 눈뜨며
하늘에, 가슴에, 첫눈 내려
언 몸으로 진종일 헤매다 마음 끌린대가 광야다

삶의 깊이
참지 못할 속앓이

벌겋게 태우며 목마름 반영하던
넉넉하고 편안한 빈방
눈물 훔치다
울며 짓다

*생의 정주 : (故)김성우 마리아 수녀님을 기리며

그들이 사는 시간

그대가 했던 말 중
지치면 돌아가
쉴 수 있는 한민족
한 단어만 남아

궁금증 많아지며
스친 응시는 길었지만
동공도 낯익고

금방 지나가는 말이 이상하게도 오래 남아
건넨 말의 뜻이
묘하다는 것

전쟁 중에 태어나 설음 많고
통일에 눈물겨운 날

평화는 절실히 필요해
사랑도 인생도 잃어

연신 춥고 떨던 겨울

머문 글귀마다 저린
답방 난기류
늘 기다려 왔는데 만나면 안될까?

근근한 빛 생의 거리가 되어
닦아가며
지켜보고 기다리고 있다는데

반가운 상념

시상이 되든 안 되든
외롭고 거친 고행과 독행의 삶을
함께 가며 따끈한 시를 대하고 시집을 내고 싶은

흐르는 정이 노래고 시 같아
가끔 삶의 응원자가
땀을 닦고 마음에 입은 상처도 보듬어
나에겐 그런 존재가 있어
용기와 격려 건넨 문자가 올 때
언제나 감사의 글쟁이 행세를

절망하고 싶어도 내 창에 불을 켤 때
텅 빈 하늘을 생각할 때
아 빨리 가서 글 쓰고 싶어
천생 글쟁이고 싶어
얼마나 큰 행운인가?

버티고 해내고 이뤄내는 비결은

언제나 글 쓸 용기 주셔서 감사
미작을 챙겨 조언해 주신 교수 시인님

지독한 시마에 눌려 싸우다가
지친회고의 잔상을 챙겨 시키든 안 시키든 글을 쓰는
글쟁이 시인 용기이고 싶어

지금까지 지켜봐 준 슬픔이나 이별도 아닌
고해의 저울 같아
순량한 마음 지켜보며 그날들이 행복이란 걸
하나뿐인 심장에 촛불 켜고 우는 밤 이경숙(클라라)

가을걷이 외5

박명용

그리움이 피어나는 저녁, 향기로운 어스름에
고운 나무에 등을 안기고
가을걷이를 끝낸 저 어스름에
쓰러지듯 가슴을 맡긴다

석양이 짙어가는 도로변에
이름 없이 피어 있는 꽃을 보며
소중한 것에 대한 상념은
세상 그 어떤 것도
고귀함을 앞세우지 않은 것은 없는데

스쳐가는 타인들은 미루어 놓고서라도
나 자신조차 사랑치 못하는 우리에게
여기 버려진 듯 소중히 피워놓은 한 송이 꽃은
너무도 큰 선물이 아닐 수 없다

고등어

죽음의 백색
스티로폼 상자에 나란히
생이 아닌 또 다른
시간에 자신을 맡기고
바다 꿈에 잠긴 아이

검은 저승의 눈으로
백합이 그려진 접시에 누워
제살을 후벼파 뜯어가는 젓가락을
노려보는 검은 눈
회한의 눈

무료

재미가 없다
왜 이렇게 재미가 없을까?
시인에게 시가,
시간이 이렇게 재미 없으면
누가 내 시를 읽고 흥겨 노래할까

눈이 내린 창밖
3월 눈이 내린 창밖엔
기아의 나무들이 긴 꿈을 꾸고
봄 햇살은 아이처럼 철없이 눈 위를 뒹구는데
그저 평이할 수밖에 없는 책상에는
무료한 시간이 졸고
무료한 시가 줄고
이 모든 것에 덮여 내가 줄고 있다

눈 쌓인 3월 어울리지 않게 하늘은 봄
재미없는 시집을 읽는
곰팡이 냄새나는 초점

변태

하나님 날 걸작품으로 만드시고
부모님 날 아들로 나으셨다
그런 나를 세상은 병신이라 한다

그분의 숨결이 깃들여진 존재
그의 모양대로 지어진 내가 아니라면
하나님은 하나님일 수 없는
거짓말쟁이 얼치기 잡귀인가

첫아들로 태어나 상처가 되고
웬수가 되고 죄가 되었다

이제 무엇으로 하나님의 형상이 되고
불쌍한 내 어머니 아들이 되고
세상에 사람의 흔적을 남길까?

야누스의 거울

거기 웃고 있는 너는 누구인가?
여기 울고 있는 나는 누구인가?

거기 웃고 있는 것이 내가 아니듯
여기 울고 있는 것은 네가 아니다

거기 웃고 있는 너를 위로할 수 없고
여기 울고 있는 나를 미워할 수 없어
환희의 얼굴과 비통의 눈빛이
엇갈려 마주치는 시점에서 분열하는 비명

거기 웃고 있는 내가 위로받고
여기 울고 있는 너를 사랑할 수 있을 때까지
마주선 우리의 풍경은 이렇게도 닮아있다

지렁이

비 온 다음날
쬐는 콘크리트 위에
모래투성이가 된 지렁이가 꿈틀거린다

지가 누군지도
무엇인지도 모르고
조여오는 죽음이 고통스러워 헐떡인다

그저 질척한 흙이 싫어 꿈틀거렸을 뿐인데
지금은 저렇게 죽어가고 있다

왜 고통스러운 것인지
모래는 유리조각이 되어 살을 파고

왜 죽어 가는지도 모르고
햇볕에 말라오는 숨통
절망
신음

아니 비명

그렇게
평온한 오후가 지나고 있다

어느 9월

별똥별 외9

양향숙

문풍지 우는 소리에
새벽잠 깨어 밖으로 나오면
달빛 긷는 토방에
두런거리는 검정 고무신 몇 켤레

마당에 내려서면
하늘 가득
까만 융단에 뿌려진 보석들이
천상의 전설을 쏟아낸다

별똥별 떨어져
가난한 소녀의 등불이 되고

반짝이는 보석 한 줌
가슴에 품고
다시 잠자리에 들면

쏟아져 내린 천상의 전설이

소리 없이
꿈속으로 따라 들어온다

박꽃

설움도 모르는
너의 맑은 눈길에
밤하늘이 열리고

이름 모를
네 그리움에
달이 차오른다

밤이 새도록
하얀 버선발로
마당가 서성이다

날이 새면
내 가슴팍에 쓰러져
별이 되는 소녀야!

운동장

늑목에 매달린 하늘이
물구나무를 서고
그네는 날아오르며
바람을 간지럼 태운다

미끄럼틀은
희망의 날개를 펼치고
시소는
사랑의 무게로 솟아오른다

농구 골대에
꿈을 던져 넣는 아이들
까르르 웃음소리
굴렁쇠를 타고 구르고

학교가 파하면
홀로 남겨진 운동장은
밤새도록

긴 일기를 쓴다

기호

높은음자리표에
참새들 모여 앉아
16분음표 32분음표
하늘 높이 띄우면

까치가 가끔
쉼표를 끼워 넣는 아침

바람이 연미복을 입고
포르테 피아노
안단테 아다지오
지휘봉을 휘젓고

고추잠자리 아가씨
빨간 드레스 입고 나와
도돌이표로 춤을 추면

가을 하늘은

빙그레 웃을 뿐
말줄임표

앞마당

내가 태어나기 전부터
아버지의 아버지
그 아버지의 아버지도
어린 시절 뛰어 놀았던 마당

막내 고모 혼례상이 차려지고
할아버지 할머니
먼 길 떠날 때
밤새워 꽃상여 놀리던 곳

가을이면
덕석* 가득 빨간 고추
등 비비며 자리다툼하고
도리깨가 허리춤을 추면
데굴데굴 웃던 알곡들

소복이 눈이라도 쌓이는 날이면
밤늦도록 풀어놓은

달빛 이야기들이
싸리꽃 단 향기가 되어
내 가슴에 피어났었지

아직도 하늘 아래
모든 그리움이 정 하나로
다 모여 들 수 있는 곳

올망졸망 그 많던 식구들
세월 따라
하나 둘 떠나고 이젠
빈 쑥정이 같은 햇살만
등 돌리고 섰는
마당

*덕석 : 멍석의 전라도 사투리

경의선 숲길

기차가 사라진
끊어진 철길 위에
시간이 멈추고

멈춘 시간 위로
가을이 물들고
낙엽이 쌓인다

철로에 귀를 대고
엉덩이를 안테나처럼 세운
개구쟁이 소년은
박제로 남았고

책들이 두런거리며
어제의 길을 산책한다

책가방 맨 소녀는
먼 기억 더듬으며

네 잎 클로버를 찾고

기차의 이야기를
모르는 사람들이
무심한 얼굴로
오늘을 걸어간다

네 잎 클로버

단풍 같은 웃음
하르르 지는 가로수길
지난 세월이
알몸으로 누웠다

새들은
어디로 떠났나
은행나무 우듬지에
빈 둥지 하나
가슴 풀어헤치고
바람의 길을 묻는다

육십 줄 소녀들
늦가을 햇살 타고 앉아
네 잎 클로버 찾는
희끗한 정수리가 눈부시다

길 떠난 세월

헐벗은 나무 되었어도
서로 등 토닥이며
숨겨진 내일을 찾는다

김유정문학촌에 가다

반백의 흰머리 소녀 둘
청춘열차 입석 타고
햇살 같은 세상인심
소담하게 가슴에 받으며
김유정역에 도착했다

먼발치에서
스물아홉에 떠난 청년의 넋이
구절초 되어 손을 흔든다

김유정역에도
김유정우체국에도
김유정은 보이지 않고

깊이를 헤아릴 길 없는 하늘은
연꽃 사위어 가는 연못에
발을 담근다

마른 연잎 줄기에
각혈 같은 우렁이 알
요절한 이의 환생을 염원하며
망울망울 피울음으로 달렸다

12월의 환승역

마지막 잎새가
세월의 바람 앞에
파르르 떨고 있다

잿빛 비둘기 종종거리며
어둠을 물어 나르는 환승역

괴물 같은 기차는
씻김굿에 취한 사람들을
꾸역꾸역 게워낸 뒤

세월의 꽁무니에
힘겹게 잡아 탄 무리를 집어삼키고
시발역이 될
종착역을 향해 떠난다

마지막 잎새는
어둠 속에서

찬란한 환생을 꿈꾸고

나도
탈피를 위해 서둘러 떠나야겠다

바느질

너덜너덜 헤진 옷 걸치고
맨발로 길을 나섰던 날
음력 섣달 바람이
내 곁에서 울부짖었다

살 속마다 박힌 것들이
미움인지 사랑인지
바늘 같은 갈기를 세워도
아픔마저 물러설 곳이 없었다

벼랑 끝에 앉아
찢긴 마음에 속울음 덧대어
날개를 깁던 날들

이제 나는
작은 나의 하늘로 날아오르기 위해
한 땀 바람을 기다린다

줄 외9

장진원

줄을 타고 세상에 내려와
줄을 끊어내자마자
또다시 줄에 묶였다

줄을 서서 기다리던 나는
줄을 타는 사람들을 올려다보며
마냥 기다리고 있어야만 했다

이제는 줄을 설 곳조차도 없어서
그들의 줄을 기다리다가
줄에 묶여 내던져질지도 모른다

냄비받침

끄트머리로 내던져진 나는
버티는 것에 만족해야 했다
잡동사니에 밀려
먼지를 풀풀 날리고
바퀴벌레도 외면하는 절벽에 끼여
내 위로 쌓이는 것들을 위로했다

세상의 일들이란 호락호락하지 않아서
뛰쳐나가는 것도 쉬운 일은 아니다

날씨 좋은 날, 운 좋게도 근사한 곳에 이르고
누군가에게 털리는 재수 없는 날
뽀글거리는 냄새에 흥건하게 젖어
날름거리던 혓바닥은
뜨거운 철판에 눌려 육포처럼 굳었다

열정은 길지 않았고, 잔정도 없어서
타들어 가는 가슴에 흔적을 남기지 않았다

봄비가 내리던 날

봄비가 내리던 날
비닐로 꽁꽁 동여맨 해묵은 건고추를 수레에 가득 싣고
젖을세라 볏짚이엉으로 겹겹이 덮은 수레
소가 끄는 수레를 몰고 아버지는 오일장에 나가셨다
비 오는데 내일 다른 장에 가라시는 어머니의 만류에도
아들이 시험 보는 날에도 비 오면 내일 보라고 할 거냐며
아버지는 비옷을 걸치고 걸음을 재촉하셨다
제대한 큰아들 서울에 있는 공무원 학원에 보내겠다고
꿈에 부푼 아버지는 휘파람을 불다가도
수레를 끄는 소의 느린 걸음을 타박하셨다

봄비가 내리던 날
도회지에 있는 고등학교에 들어간 둘째 아들
자취방에 쌀이 떨어졌을 텐데 하시면서
쌀 서 말하고도
겨우내 땅속에 묻어두었던 무수 한 자루를 짊어지고
시외버스 정류장으로 가셨다
쌀 떨어지믄 지놈이 오것지유 하시면서도

어머니는 묵은지와 시래기를 싸서 머리에 이고 종종걸
음으로 따라가셨다

개불알꽃이 피면 막내아들 장가보내겠다고 말씀하셨
던 아버지는
교통사고로 여섯 달째 의식도 없이 누워 계셨고
어머니의 가슴속에는 시커먼 먹구름이 가득했다
그해의 봄은 가물었고 아버지의 육신은 더욱 그랬다
막내며느리가 보고 싶다던 아버지는 눈동자를 움직이
지 못하셨고
한평생 바쁘게도 봄비를 맞으셨던 아버지의 마지막 봄
은 그렇게 지나갔다

지금 창밖에는 추적추적 비가 내리고
아버지가 되어 있는 나의 가슴엔 아버지가 내린다

기다려 봄

어깨를 누르는 두툼한 외투
가슴을 누르는 오래된 기억
회색 바람에 여미는 옷깃
얼어붙은 마음에 꼭 다문 입술

살아가는 것은 지고 가는 것
견디기 힘든 무게라도 감당하는 것
고통스런 기억까지 담아두는 것
바람 없이 오는 봄이 어디 있으랴

기다리는 것은 바라보는 것
보이지 않아도 바라보는 것
바라고 기다려도 오지 않으면
꿈에라도 볼 수 있는 날이 있으리

어깨를 펴고 가슴을 내보이며
기다려 봄

실패작

추분이 한참 지나
오래된 속옷처럼 늘어지는 밤
별 무리를 쏘아 올린 어둠 속에서
폭죽처럼 터지는 상념들

길고양이가 헤집어 놓은 봉다리
메슥하고 꿉꿉한 냄새가
온 동네 고양이들을 불러 모았다

새 봉다리에 쓰레기를 쓸어 담고
다리를 다쳤는지 도망치지 못하는
새끼고양이와 두 눈을 맞추고
함께 나누는 한숨 섞인 푸념

선녀와 나무꾼

선녀와 결혼했다

속았다
선녀가 아니었다

아이 둘 낳고
십수 년이 흘러도
그대로다

아내는 아직도 내게 나무꾼이란다
그대로란다

선녀가 아니라서 참 다행이다

어느 신혼부부의 이야기

당신은 언제나 달콤하며
나를 채워주는 크림빵
나는 언제나 너를 감싸주는 빵봉지야

아니야
난 너에게서 떨어지기 싫어하는 빵부스러기

땡감

떠나는 마음 감추지 못해
달빛이 남기고 간 아침이슬
그 작은 물방울의
무게조차도 감당치 못해
투두둑
장독대 위로 떨어지는 초록색 땡감
애처롭게 바라보시던 홀어머니 말씀
저놈들이 네놈들이여
꽃 속에서 나고
그 꽃 파먹고 자란 놈들

가을이 젖다

비가 오지 않아서
가을이 젖어있다

바다를 품은 하늘 아래로
열대어가 몰려들고
분주하게 비설거지하는
농부의 가슴에는 자식들이 몰려든다

형형색색 차려입은 가을 공원에
부끄러움을 감추고 젖어 있는 사람들과
외로움에 젖어 부끄러워하는 사람들이
같은 낙엽을 밟으며 걸어가고 있다

다른 사람들을 태우고
같은 목적지를 향하는 계절의 열차는
공평한 듯 공평하지 않은
젖은 가을을 달린다

가을이 젖어서 비가 오지 않는다

눈물

그의 몸속에서 응어리진 맹독은 예리한 화살촉에 달라붙자마자 입을 통해 튀어나와 나의 가슴에 직선으로 꽂혀버렸다 독은 가슴 깊은 곳에 자리를 잡았는지 쉽게 퍼져 나가지 않았고 돌덩이처럼 굳어져 서서히 오랫동안 독을 내뿜었다 아주 오랫동안, 너무 많은 시간이 흘렀나! 아직도 무겁게 자리 잡고 있는 돌덩이에 먹먹하고 답답했던 시간들, 모든 손톱과 발톱에서 뚝뚝 떨어져 내리는 독을 머금은 검붉은 액체들이 주변을 오염시키고, 참고 또 참아온 시간들 속에서 발견하게 되는 또 다른 나의 모습에 두 눈이 무겁게 붉어지고, 부릅뜬 눈에서 쉽게 쏟아지지 않는 눈물에 머리가 띵하다 눈을 감으면 그만인 것을, 미련은 아득한 꿈속에서 버무려지고 가슴이 울컥거릴 때, 그래 잠시라도 눈을 감아보자 주르륵

'순례에서 만난 인연'의 엘레지

박재홍 | 시인 · 《문학마당》 발행인

『순례에서 만난 인연』은 대한민국장애인창작집필집 중 매년 엮는 '동인시집'의 제목이다. 2018년 동인시집 은 여섯 명의 시인들의 작품을 실었다.

첫 번째 작품은 이훈식 시인의 시로 그의 작품은 전체 적으로 한국적 悲歌(비가)가 깃들어 있다. 삼나무 우거진 숲에 비라도 올라치면 비둘기 소리 구구거리고 거위의 홰치는 소리가 들리고 가지가 부러지는 중에 그리스어에 서 죽은 사람을 애도하는 시의 운율 엘레게이아에서 유 래하는 "엘레지"는 음악작품에서 슬픈 정서를 주로 얘기 하며 문학작품이나 비문의 형식으로 차용되어 쓰여지고 있다. 어쨌든 아래 작품은 지체 · 시각장애 3급인 이훈식

시인의 삶에 대한 태도를 가감없이 보여주는 스스로를
향한 엘레지 형식으로 느껴질 정도로 애잔하다.

깨진 소주병에 무참히 맞아 한쪽 눈을 잃었을 때
좁아진 시각에다 초점이 맞지를 않아
헛발을 딛고 넘어질 때가 많았다

무릎이 깨지고 옷이 흙투성이가 되는 날이면
밥 한술 입에 떠넣으며 눈물도 함께 씹어 삼켰다.

높고 낮음과 멀고 가까움에 익숙해지기까지
한동안 지팡이에 의지하며 살았다.

내가 엎지르고 다시 담을 수 없었던 회한
쳐다보는 시선들이 참 많이 아팠다
넘어지면 무조건 일어서야 한다는 것을
그때부터 배웠다

제대로 일어서기 위해서는 제대로 넘어져야 한다는 것도
알았다
어깨를 짓눌러 온 중력의 무게가 오히려
삶의 힘이 된다는 것을 아픔은 아픔으로만 치유된다는 것을
쓰려지고 일어서면서 온몸으로 배웠다

나는 무너져도 다시 일어나기 위해
뜨겁도록 당신 사랑을 한다.
— 이훈식 「제대로 일어서기 위해」 전문

바람만이 드나들던 가슴 덧나지 않도록 꼭꼭 밟으며
별들도 속울음 끝에서 더욱 반짝인다는 것을
빗장 풀린 기억마다 새깁니다.

뼛속에 감춘 사랑 헤아려 보는 마음조차도
당신에겐 아픔이 될까 봐 밤새 명치끝이 아팠던 시간

아직도 떠나보냄이 낯설음에
내가 죄인이라 당신을 사랑했나 봅니다.

이제 귀먹고 눈멀은 심장 하나
언제든 부르면 대답할 자리에
침묵으로 놓아두고
왔던 길 더듬어 가렵니다.
— 이훈식 「이별」 전문

　오탁번 시인의 "엘레지" 발음에서 오는 인식의 차이를
통하여 놀람과 반성을 드러내며 스스로 무의식 속에서
고통스러워하는 모습을 드러낸다면, 이훈식 시인은 자신

의 장애, 사랑, 신에 대한 인식의 차를 통하여 "당신"을 향한 엘레지를 문학작품을 통하여 슬픈 정서를 신에게 들려주는 슬픈 정서의 고백처럼 10편의 시를 통하여 보여주고 있다.

두 번째 이인숙 시인의 시를 보면 대체로 가정적이고 주변의 일상적 모멘트를 대상으로 사회성에 관한 조심스러운 접근성이 눈여겨 보여진다.

살아서 돌아오라!
그 명령은 사라지고
돌아온 옆반 친구 자신의 모습이
부끄럽고 후회스럽다.

내가 힘이 되어 방수복을 벗어주었으면
눈물로 이끌어 왔더라면
내 자리가 그의 자리였으면

신이 모르고 지나가지는 않았을 걸
몸뚱이 철재만 천근만근 넘기고
다시금 돌아오지 못한 영혼은
'미안해' 하지 않아도 돼

너무 적나라 해체해서
마른 눈물이 피까지 말려
아픔은 영구적
뿌리를 내려 우주 영혼 되어
그들만의 약속으로 부둥켜안았다.

어디쯤에서 잊을까
어디쯤으로 생명을 이룰 수 있을까
명령만이 돌아오는 안식
그곳에서 울림만이 진실
― 이인숙 「명령」 전문

위 시는 딱히 어떤 사고의 적시는 되어 있지 않았지만 '세월호' 같다는 생각이 들었다. 산자와 죽은자의 갈등과 회한 슬픔의 비극적 정서를 잘 드러내고 세월호 해체에 따른 실종자를 향한 산자의 몸부림 그리고 아직 찾지 못한 자들을 향한 우주적인 아픔을 노래한 절제된 시로 이인숙 시인의 사회적 시각이 잘 드러나 있다. 국가는 국민의 재난이나 재해를 끝까지 책임지는 나라에 대한 염원일지도 모른다. 이렇듯 스스로의 병마와 싸우며 극복하고 사회 구성원으로서의 시인의 정서는 참으로 아름답고 귀하다.

함지박 얹은머리

보고 싶어요.
안개 속에 심장 하나 쥐고
사랑을 보려고
오월 주변을 서성거려요

푸르른 바람은
주름 하나 없고
침입자도 없어요.

다가서면 멀어지는
안개 카메라를 준비하세요

푸른 심장은
이룰 수 없는 연인은 아니에요

혼자서 또 여럿이
뼈대를 세우면서
붉은 튤립 이야기하고 싶어요.
— 이인숙 「튤립」 전문

〈김승희 시인(65)이 올해로 등단 44주년을 맞아 10번째 시집 『도미는 도마 위에서』(난다)를 냈다. 김 시인은 "도마에 오른 생선처럼 더 이상 갈 데 없는 실존의 위기 속에서 파노라마처럼 눈앞에 스쳐 지나간 삶의 풍경들이 이 시집에 들어 있다"라고 말했다.〉*라는 기사로 이인숙 시인의 시에 대한 시사하는 바가 크다 하겠다.

　과연 장애인들에게 창작활동지원과 창작집 발간의 의미는 무엇일까를 되물을지도 모른다. 이경숙 시인은 이렇게 말한다.

　　　시상이 되든 안 되든
　　　외롭고 거친 고행과 독행의 삶을
　　　함께 가며 따끈한 시를 대하고 시집을 내고 싶은

　　　흐르는 정이 노래고 시 같아
　　　가끔 삶의 응원자가
　　　땀을 닦고 마음에 입은 상처도 보듬어
　　　나에겐 그런 존재가 있어
　　　용기와 격려 건넨 문자가 올 때
　　　언제나 감사의 글쟁이 행세를

　　　절망하고 싶어도 내 창에 불을 켤 때
　　　텅 빈 하늘을 생각할 때

아 빨리 가서 글 쓰고 싶어
천생 글쟁이고 싶어
얼마나 큰 행운인가?

버티고 해내고 이뤄내는 비결은
언제나 글 쓸 용기 주셔서 감사
미작을 챙겨 조언해 주신 교수 시인님

지독한 시마에 눌려 싸우다가
지친회고의 잔상을 챙겨 시키든 안 시키든 글을 쓰는
글쟁이 시인 용기이고 싶어

지금까지 지켜봐 준 슬픔이나 이별도 아닌
고해의 저울 같아
순량한 마음 지켜보며 그날들이 행복이란 걸
하나뿐인 심장에 촛불 켜고 우는 밤 이경숙(클라라)
— 이경숙 「반가운 상념」 전문

　詩想(시상)과는 상관없는 獨行(독행) 삶속에서 따끈하게
마주한 시 정감 있는 노래 같고, 마음을 보듬는 보이지
않는 존재로 위로와 용기가 된다고 고백하고 있다. 가끔
차오른 시상 때문에 벅차하는 모습 견디어 참아낸 시를
온전하게 조언해 주는 이들로 인하여 詩魔(시마)와 싸울

수 있는 용기를 갖게 되는데 결국 고해의 저울을 통하여 순량한 마음을 지켜보고 스스로 하나뿐인 심장을 태워 울며 쓴다는, 같지만 같지 않은 생각이 만들어낸 시와 제목의 이중성에 대한 자의식은 전문예술단체 장애인인식 개선 오늘의 사업인 목적이 이끄는 삶이 장애인 예술인들에게는 희망이라고 볼 수 있겠다.

빈산 빈들의 초겨울 풍경
볼품없고 초라하나

사랑도 생도 들뜬
행복이나 이별도 아닌
통증의 문턱을 넘어야 했나보다

그림 찍힌 먼 산
기웃대며
그리움 마주 안고

맑고 깊은
영혼 눈뜨며
하늘에, 가슴에, 첫눈 내려
언 몸으로 진종일 헤매다 마음 끌린대가 광야다

삶의 깊이
참지 못할 속앓이
벌겋게 태우며 목마름 반영하던
녁넉하고 편안한 빈방
눈물 훔치다
울며 짓다
— 이경숙「생의 정주」전문

  (故)김성우 마리아 수녀님을 기리며 쓴 이경숙 시인의
시는 "통증의 문턱을 넘어야 했나보다"라고 하는 수녀님
이 의탁한 종교적 삶과 인간의 제한적 수명과 건강을 돌
아보며 통증의 문턱을 가늠하며 스스로 자신의 삶을 반
추하는 순간 "광야"에 서 있는 시인 스스로를 돌아보게
되는데 결국 成俗—如(성속일여)임을 자인하며 울고 있다.
누군가의 삶이 스스로의 삶을 되묻는 진여의 시간 이경
숙 시인에게서는 향기가 난다.

죽음의 백색
스티로폼 상자에 나란히
생이 아닌 또 다른
시간에 자신을 맡기고
바다 꿈에 잠긴 아이

검은 저승의 눈으로
백합이 그려진 접시에 누워
제살을 후벼파 뜯어가는 젓가락을
노려보는 검은 눈
회한의 눈
— 박명용 「고등어」 전문

시장의 좌판에 누워 있는 고등어들의 모습에서 바다의
꿈에 잠긴 아이라는 죽었으나 살아 있는 현상에 대한 이
해로 바라보는 시인 박명용은 목사님이다. 인간의 탐욕
중 보편적 상징인 식욕을 빗대어 "검은 저승의 눈"과 "제
살을 후벼 파 뜯어 가는 젓가락을 노려보는 눈"은 곧 "회
환의 눈"이라며 참회록을 쓰는 짧은 한 편의 시는 그의
시작업의 과정을 여실하게 보여준다.

하나님 날 걸작품으로 만드시고
부모님 날 아들로 나으셨다
그런 나를 세상은 병신이라 한다

그분의 숨결이 깃들여진 존재
그의 모양대로 지어진 내가 아니라면
하나님은 하나님일 수 없는
거짓말쟁이 얼치기 잡귀인가

첫아들로 태어나 상처가 되고
웬수가 되고 죄가 되었다

이제 무엇으로 하나님의 형상이 되고
불쌍한 내 어머니 아들이 되고
세상에 사람의 흔적을 남길까?
— 박명용 「변태」 전문

위 시는 장애인으로 사는 삶, 아들로 사는 삶, 하나님
의 종으로 사는 그의 삶의 부조리는 다 들어 있는 시다.
어찌 그만의 업이요 원죄겠는가?

늑목에 매달린 하늘이
물구나무를 서고
그네는 날아오르며
바람을 간지럼 태운다

미끄럼틀은
희망의 날개를 펼치고
시소는
사랑의 무게로 솟아오른다

농구 골대에

꿈을 던져 넣는 아이들
까르르 웃음소리
굴렁쇠를 타고 구르고

학교가 파하면
홀로 남겨진 운동장은
밤새도록
긴 일기를 쓴다
— 양향숙 「운동장」 전문

　양향숙 시인의 시상 자체가 자기 중심적 성향이 강하
다. 뿐만 아니라 시인의 심성이 긍정적이다. 사물에 대한
객관적 시각을 놓치지 않은 시에 대한 열정은 미래다.

설움도 모르는
너의 맑은 눈길에
밤하늘이 열리고

이름 모를
네 그리움에
달이 차오른다

밤이 새도록

하얀 버선발로
마당가 서성이다

날이 새면
내 가슴팍에 쓰러져
별이 되는 소녀야!
— 양향숙 「박꽃」 전문

 시인은 과거의 허물 또는 반추에서 오는 시상을 먹고
사는지도 모른다. 양향숙 시인의 시 「박꽃」은 아직 유년
에 멈춰선 고운 심성을 그대로 드러낸다. 가정과 주변에
따듯한 시선을 갖는다는 것은 이미 그가 시인임을 부정
할 수 없다.

줄을 타고 세상에 내려와
줄을 끊어내자마자
또다시 줄에 묶였다

줄을 서서 기다리던 나는
줄을 타는 사람들을 올려다보며
마냥 기다리고 있어야만 했다

이제는 줄을 설 곳조차도 없어서

그들의 줄을 기다리다가
줄에 묶여 내던져질지도 모른다
— 장진원 「줄」 전문

　장진원 시인의 위 시를 보면 어미의 탯줄을 타고 내려
와 줄을 끊고 세상에 놓이자 마자 因緣(인연)의 업을 만나
고 천라지망에 갇혀 바둥거리다 상여를 타고 마지막 줄
에 매달려 업을 다하는 그 중간 지점의 어디쯤인 것 같
다. 깊이 구조적으로 천착하기보다는 짧게 건네지는 서
정성에 의한 시적 공간 확보가 필요한 듯 보인다.

　봄비가 내리던 날
　비닐로 꽁꽁 동여맨 해묵은 건고추를 수레에 가득 싣고
　젖을세라 볏짚이엉으로 겹겹이 덮은 수레
　소가 끄는 수레를 몰고 아버지는 오일장에 나가셨다
　비 오는데 내일 다른 장에 가라시는 어머니의 만류에도
　아들이 시험 보는 날에도 비 오면 내일 보라고 할 거냐며
　아버지는 비옷을 걸치고 걸음을 재촉하셨다
　제대한 큰아들 서울에 있는 공무원 학원에 보내겠다고
　꿈에 부푼 아버지는 휘파람을 불다가도
　수레를 끄는 소의 느린 걸음을 타박하셨다

　봄비가 내리던 날

도회지에 있는 고등학교에 들어간 둘째 아들
자취방에 쌀이 떨어졌을 텐데 하시면서
쌀 서 말하고도
겨우내 땅속에 묻어두었던 무수 한 자루를 짊어지고
시외버스 정류장으로 가셨다
쌀 떨어지믄 지놈이 오것지유 하시면서도
어머니는 묵은지와 시래기를 싸서 머리에 이고 종종걸음
으로 따라가셨다

개불알꽃이 피면 막내아들 장가보내겠다고 말씀하셨던
아버지는
교통사고로 여섯 달째 의식도 없이 누워 계셨고
어머니의 가슴속에는 시커먼 먹구름이 가득했다
그해의 봄은 가물었고 아버지의 육신은 더욱 그랬다
막내며느리가 보고 싶다던 아버지는 눈동자를 움직이지
못하셨고
한평생 바쁘게도 봄비를 맞으셨던 아버지의 마지막 봄은
그렇게 지나갔다

지금 창밖에는 추적추적 비가 내리고
아버지가 되어 있는 나의 가슴엔 아버지가 내린다
　　— 장진원 「봄비가 내리던 날」 전문

소설 「운수좋은 날」처럼 시 「봄비가 내리던 날」을 보면 비 오는 날의 허기진 소시민의 모습을 잘 드러내고 있다. 아버지와 어머니의 동선은 모두가 자식에 대한 전부를 내어놓고 있었다. 그러다 닥친 교통사고는 어머니의 그늘이 되었고, 떠난 아버지의 봄은 그렇게 아들에게 기억되었다.

평생을 봄비를 맞았지만 단 한 번도 스스로를 위한 봄비를 적신적이 없는 아버지에 대한 반추가 가슴에 흥몽처럼 자리해 있는 시인의 눈길에는 아직도 봄비에 거리가 젖어 있었다.

이렇듯 시는 자신의 삶과 타인의 삶을 벗어날 수가 없다. 사회적 구성원으로서의 장애인들의 삶과 일상의 삶의 비장애인의 질박함이 금번 동인시집에는 잘 드러나 있고 참여한 시인들의 작품 수준도 수작임을 부정할 수 없다.

*출처 : http://news.chosun.com/site/data/html_dir/2017/07/31/2017073102766.html